JN169481

日本の詩

しぜん

遠藤豊吉 編・著

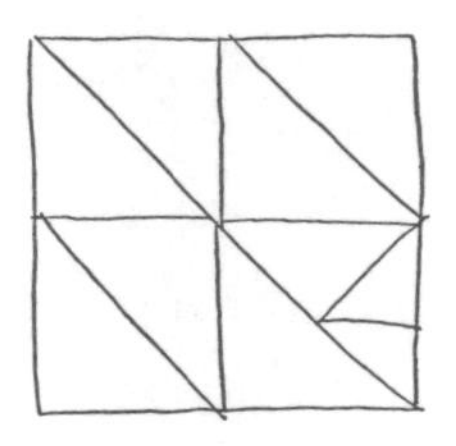

小峰書店

SCHOOL

人間の歴史は、ある意味では自然とのたたかいの歴史であったが、人間はそのたたかいの過程で、それがたとえ勝つであろうたたかいであっても、かたときもおそれを忘れなかった。いや、勝ったとはっきりわかったそのあとも、なお多く不可視の部分を残す自然へのおそれをすてなかった。

自然へのおそれを失ったとき、人間は、きらびやかないろどりに飾られてはいるけれども、じつは不幸の淵へつづく道をあゆみはじめていたのではないか。そんな思いにとらわれてひさしい。

自然とは人間にとって、いったい何なのか。わたしにとっていったい何なのか。その課題を、わたしは、わたしの好きな詩人たちの目、心にうつった自然をとおしてさぐってみたかった。

遠藤豊吉

日本の詩＝7
しぜん

装幀・画＝早川良雄

北見の海岸

沖合（おきあい）はガスにうもれている
渚（なぎさ）はびっしょりに濡（ぬ）れている
その濡れた渚に黒い人影が動いている
黒い人かげは手網を提（さ）げている
黒い人かげは手網をあげて乏（とぼ）しい獲物（えもの）をたずねている
黒い人かげは誰だろう
黒い人かげはどこから来ただろう

獲物はいつも乏しかろう
部落はさだめし寒かろう

そして妻子のあいだにも話の種が少なかろう
そして彼の獲物は売れようか
彼の手にも銭（ぜに）が残ろうか
いいえ
彼は黙ってここの海岸を北へ北へと進むだろう
手網をさげて
妻子を連れて
そして家畜（かちく）も連れないで

やがてはここを汽車が通るようになるかも知れぬ
大きな建物が立って
高い煙突から黒い煙が上がるようになるかも知れぬ
そしてにぎやかな油ぎった歓声がわき上がるかも知れぬ
そのとき

黒い人かげはどこにいるだろう
彼の息子や娘はどこにいるだろう
彼らは病気をせぬだろうか
そして医者がいるだろうか
彼らは死なぬだろうか

黒い人かげはどこから来ただろう
黒い人かげは濡（ぬ）れている

中野重治（なかの　しげはる）一九〇二〜一九七九
「中野重治詩集」より。著書「中野重治全集」他

*

〔編者の言葉〕　オホーツク海のちょうど反対側、石（いし）狩湾（かりわん）の風景を函館（はこだて）本線の車窓（しゃそう）から見たときの光景の強烈な印象をわたしは忘れることができない。
　雪がしきりにふり、風がしきりにふいていた。雲

と海の境界（きょうかい）がまったくわからず、ただひたすらに重い自然が車窓の外を走っていた。わたしは身じろぎもせずに目をこらして海を見ていた。灰色の空間のはてに、かすかに海面がもりあがるのが見える。と、もりあがった海面は、見るまにいくつもの大きなうねりとなって岸へおしよせ、岸の岸壁（がんぺき）をかみくだくかと思われるような力で、があんと陸にぶつかり、無数の飛沫（ひまつ）をあげてくだけちる。わたしはそれをいつまでもいつまでも見つづけ、そして心をふるわせていた。感動、というよりも、それは恐怖に近い感情であった。

　ときおり、人影が見えた。何をやっているのかわからなかったが、働いている姿にはまちがいなかった。ここにも人間が生きている！　そう思ったとき、恐怖は消え、より熱い感動がわたしの内側をつきあげているのを、わたしは感じたのだった。

海

海が見える
充溢(じゅういつ)した歓喜で
張りつめたやう(よ)な
海面の美しさ
何といふ(う)静かな力のこもった海
永遠の緑を深く湛(たた)へ(え)て
盛り上ってゐ(い)る海
日に輝いて純白な帆(ほ)が
花のやうに流れてゐる

千家 元麿（せんげ　もとまろ）一八八八〜一九四八
「蒼海詩集」より。詩集「真夏の星」「自分は見た」他

＊

〔編者の言葉〕　特別攻撃隊員として福島県の熊町飛行場にいたときだった。夕方から夜にかけての海上突撃訓練が終わると、よくひとりで海辺へ出た。長い時間、耳をつんざくような爆音にうたれながら、せまい操縦席にすわり続けだった自分を広い自然に投げ出したい、そんな単純な気持ちからだった。

　海の表情は昼とはまったくちがっていた。どうしてなのだろう。昼の海とくらべて、水平線の高さがあんなにもちがうのは。夜の海の水平線は、海がまるで空の一部であるかのような高さにあって、いつもわたしを驚ろかせた。

　夏の陽をうけてギラギラと光る昼の海のはなやかさのなかで疲れ、そんな静かでふしぎな夜の海のなぎさで疲れをいやし、わたしはやがてくる（にちがいない）海の上での死の日を待っていたのだ。

くずの花

ぢぢい(じ)と　ばばあが
だまって　湯にはいってゐ(い)る
山の湯のくずの花
山の湯のくずの花

田中冬二（たなか　ふゆじ）一八九四〜一九八〇
「青い夜道」より。詩集「山鴫」「花冷え」「故園の歌」他

＊

〔編者の言葉〕　蔵王山(ざおうざん)の宮城県(みやぎ)がわの山懐(やまふところ)に青根温泉(あおねおんせん)という評判のたかい湯治場(とうじば)がある。
　この温泉は、だれが言いだしたかわからないが、脳によくきくという評判が近郷の人びとの間にひろ

まっていた。わたしがはじめてこの温泉にいったのは戦争がすんで五年ほどたった秋だった。
「おめえは、どこの加減がよくねえんだ？」浴槽につかっていると、湯気がもうもうと立ちこめている浴室のすみのほうから声がした。目をこらして声の主をさがしたが、なかなかわからなかった。すると、もう一度同じ方向から同じ声がした。「やっぱり頭がくたびれているのか？」親しみがにじんでくる声だった。「うん、そうだ。頭がくたびれているんだ」わたしはそう答えた。「そうか、まだ若いのになあ。世の中がこうだから無理もねえ。でも、早くなおすんだなあ」その人はしみじみと、いたわるような声をかけてよこすのだった。

　その人が脳をわずらっている人かどうか、わたしにはわからなかった。しかし、青根温泉のその一夜が、正常な人たちが動きまわっている下界の町よりも、わたしにとって、はるかにおちついた夜だったことだけはたしかだった。

春夜

すもの籬が真白に咲いた村の道を
夜更けて歩いた。
すもの匂ひにそそられる悔い心に
私は身も世もないほどだった。
夜風はなま暖く　月が照って道が白かった。
もうどうしてあの日を生き直すことができよう。
あれがみな間違ひだったと言って
とり返せよう。
蛙は賑やかに響きをたて
ものの脹れあがるやうな気配があたり一面にして

むせるやうであった。

伊藤　整（いとう　せい）一九〇五～一九六九

「雪明りの路」より。著書「伊藤整全集」。訳書多数。

＊

〔編者の言葉〕「豊ちゃん。ね、ね、これきれい？」

彼女はあたりをはばかるような声でわたしをよび、ザクロの花をかんざしがわりにさした頭をわたしのほうにつきだして答えをもとめるのだった。

まあちゃんとよばれたその女の子は、かけ足がとくいで、陸上競技大会にはいつも選手になり、たくさんの観客（かんきゃく）のまえを風のように走った。だれの目にも健康（けんこう）に見えた彼女は、しかし学校をでるとしばらくして神経（しんけい）をやみ、そのうえ肺をわずらって、それこそかけ足のような速さで死んでいった。

神経と肺を病む彼女を喜こばすつもりで「ああ、美しいよ」とわたしはあのとき言ったのだったが、まあちゃんはほんとうに美しい少女ではなかったか。悔（く）いににた気持ちがいまわたしの胸に残る。

一つのメルヘン

秋の夜は、　はるかの彼方(かなた)に、
小石ばかりの、　河原があって、
それに陽(ひ)は、　さらさらと
さらさらと射してゐ(い)るのでありました。

陽といっても、　まるで硅石(けいせき)か何かのや(よ)うで、
非常な個体の粉末のやうで、
さればこそ、　さらさらと
かすかな音を立ててもゐるのでした。

さて小石の上に、今しも一つの蝶がとまり
淡い、それでゐてくっきりとした
影を落としてゐるのでした。
やがてその蝶がみえなくなると、いつのまにか、
今迄流れてもゐなかった川床に、水は
さらさらと、さらさらと流れてゐるのでありました……

中原　中也（なかはら　ちゅうや）一九〇七〜一九三七
「在りし日の歌」より。著書「中原中也全集」他

*

〔編者の言葉〕「あ、虹！」とその少女はさけんだ。

「わたし、滝にかかる虹を見るなんてはじめて」少女が指さすほうをみると、しぶきをとばして落ちる千ケ滝を背景にくっきりと虹がかかっていた。

小海線清里。むかしは閑散とした山里であったがいまはもうすっかり観光地化されて、とくに夏は涼

を求めて、というより遊びを求めて群れ集まる若者の町になった感がつよい。千ケ滝はその清里の駅から歩いてわずか十二、三分のところにある景勝なのだが、ここをおとずれる人は意外にすくなく、いまも自然の静寂がそのまま残されている。

この幅五メートルほどの谷川は山々の間をぬって須玉川となり、韮崎のあたりから釜無川と名をかえ、甲府盆地をうるおす。そんな説明をすると「その先はどうなるの？」と少女はたずねた。「南アルプスから流れでたいくつもの川や、秩父山地に源をもつ笛吹川とあわせて富士川となり、太平洋にそそぎこむ」と言うと「わあ、遠い旅」と目を細めた。

さあっと霧がわき、冷たい風が足もとに舞った。「あ、おじさん、虹がきえた」少女がさけんだ。陽がかげれば虹もきえる。それはあたりまえのことなのだけれども、彼女は、そのあたりまえのことにおののきながら、目をいっぱいに開いて滝を見つめていた。きえた虹をおい求めているのかもしれなかった。

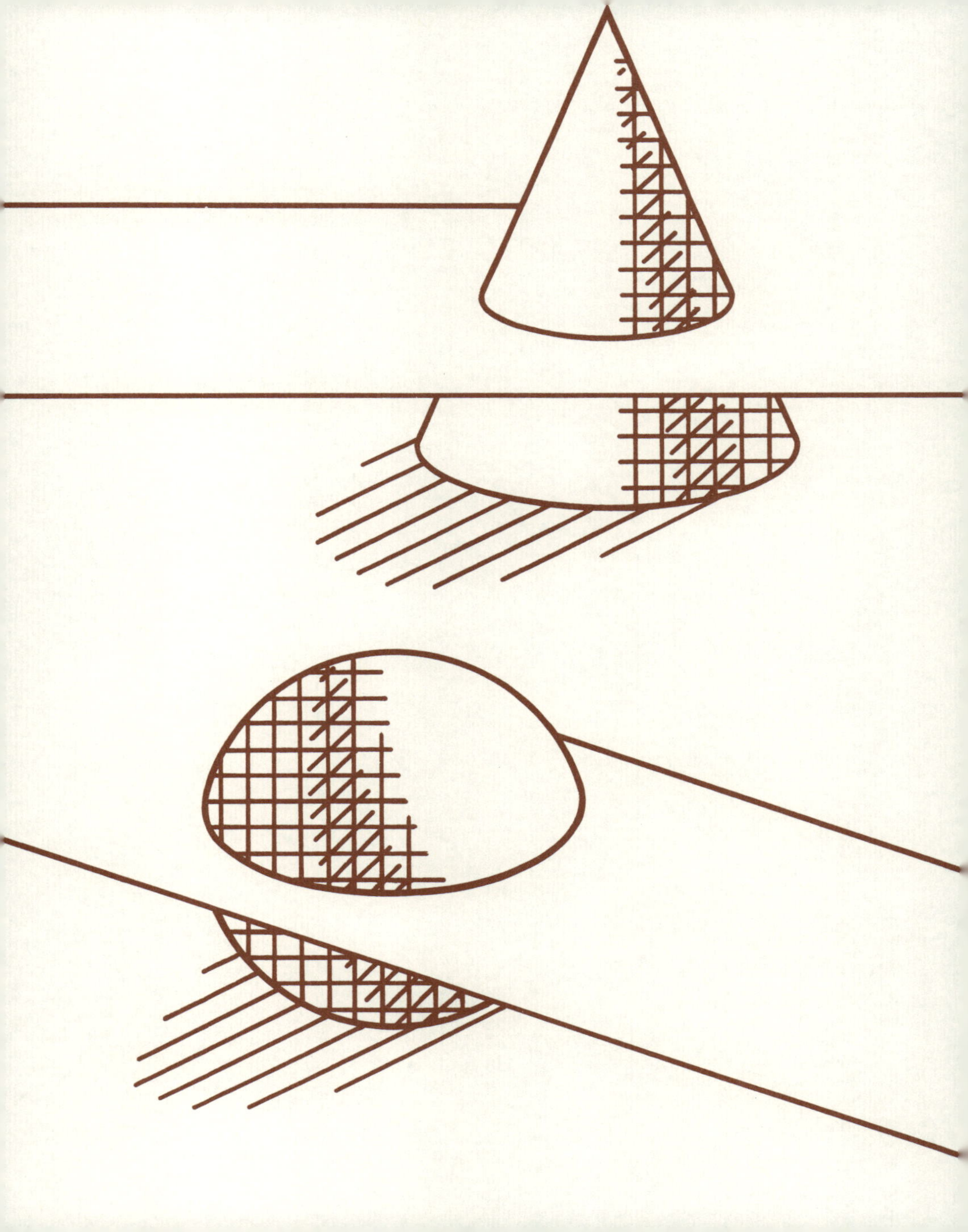

落葉松（からまつ）

一

からまつの林を過ぎて、
からまつをしみじみと見き。
からまつはさびしかりけり。
たびゆくはさびしかりけり。

二

からまつの林を出でて、
からまつの林に入りぬ。
からまつの林に入りて、

また細く道はつづけり。

三

からまつの林の奥も
わが通る道はありけり。
霧雨（きりさめ）のかかる道なり。
山風のかよふ（う）道なり。

四

からまつの林の道は
われのみか、ひともかよひ（い）ぬ。
ほそぼそと通ふ道なり。
さびさびといそぐ道なり。

五

からまつの林を過ぎて、
ゆゑ（え）しらず歩みひそめつ。
からまつはさびしかりけり、
からまつとささやきにけり。

六

からまつの林を出でて、
浅間嶺（あさまね）にけぶり立つ見つ。
浅間嶺にけぶり立つ見つ。
からまつのまたそのうへ（え）に。

七

からまつの林の雨は
さびしけどいよよしづ（ず）けし。
かんこ鳥鳴けるのみなる。
からまつの濡（ぬ）るるのみなる。

八

世の中よ、あは（わ）れなりけり。
常なけどうれしかりけり。
山川に山がは（わ）の音、
からまつにからまつのかぜ。

北原　白秋（きたはら　はくしゅう）一八八五～一九四二
「水墨集」より。詩集「邪宗門」「思ひ出」「真珠抄」他

＊

〔編者の言葉〕　ジャ、ジャーッという戸外の井戸ば

たの水音で目をさます。清里の山小屋の朝である。水音で朝のおとずれを教えてくれるのは落葉松林をへだてた近くの草原に酪農をいとなむSさんである。

Sさんは毎朝しぼりたての牛乳を一升びんにつめてはこんでくれ、鮮度がおちてはと心配してバケツに新しい水をくみ、そのなかへ一升びんをいれていってくれるのである。

「Sさーん、ありがとうォ。きょうもいい日になりそうですねェ」と、もどっていくうしろから声をかける。「はあい、赤岳も富士山も、けさはよォく見えまァす」Sさんは美しい声でへんじをくれる。

御主人をなくし、牛八、九頭を世話しながら泥まみれ汗まみれになって子ども三人を育てあげた働きものの女性、これがSさんについて知っているわたしのすべてだ。

しぼりたての牛乳をがぶりと飲む。歯にしみ、のどにしみる冷たさといっしょに、どっとさわやかな朝が体のなかにはいってくるのを感じる。

散る日

さくらの花が散る　惜げもなく己れを捨てるすばらしさ
うれい顔がそれを眺める　いま見たときから散りはじめ
たようなはなやかさを

見ているあいだに散り果ててしまいそうな風情
こんなにゆたかな心がどこにあろう　誰にも見られない
うちから散っているのだ

そしてまた　落花に酔った者たちが去ったのちも
さいはてにむかって散りつづけているのだ

金井　直（かない　ちょく）一九二六〜一九九七
「疑惑」より。詩集「飢渇」「非望」「Ego」「帰郷」他

＊

〔編者の言葉〕　小学校一年に入学したばかりの子を小さな原っぱにつれだして、葉笛や草笛を聞かせてやったことがある。市販（しはん）のおもちゃばかり見なれた目に〝自然の笛〟はめずらしくうつったのだろう。子どもたちも、葉っぱや草のくきに唇をあてて、ふうふう息をふきかけたが、うまく鳴（な）らなかった。

やがて校庭にもどると、桜（さくら）の花吹雪（はなふぶき）だった。子どもたちはそのなかにおどりこんでいったが、ひとり、女の子が顔をうつむきかげんにしてたたずんでいた。その子は、桜の花びらを口にあてて、いっしょうけんめい息をふきかけていたのだった。

やがて、ピーッと美しい音が出た。「おお、すごい！」思わず声をかけると「これは花びら笛ね」と言ってにっこりわらった。そして「みんなに教えてやろう」と、花吹雪のなかへかけだしていった。

冬が来た

きっぱりと冬が来た
八つ手の白い花も消え
公孫樹（いちょう）の木も箒（ほうき）になった

きりきりともみ込むやう（よ）な冬が来た
人にいやがられる冬
草木に背（そむ）かれ、虫類に逃げられる冬が来た
冬よ
僕（ぼく）に来い、僕に来い
僕は冬の力、冬は僕の餌食（えじき）だ

しみ透れ、つきぬけ
火事を出せ、雪で埋めろ
刃物のやうな冬が来た

高村　光太郎（たかむら　こうたろう）一八八三〜一九五六
「道程」より。著書「高村光太郎全集」「智恵子抄」他

*

〔編者の言葉〕　わたしが生まれ育った二本松町（現在は二本松市）は丹羽家十万石の城下町で、おそらくその名ごりであろう、わたしの子ども時代も剣道のさかんな土地だった。小学校三年から正課になり学校を卒業するまで竹刀をふらされたものだった。
　冬は寒稽古がある。朝五時から七時まで一週間のあいだみっちりきたえられた。三年生のころは父親に起こしてもらったが、四年生からは目ざまし時計で自分でおきた。あれは五年生のときだったと思う。

寒稽古がはじまって何日かめ、ひとりでふっと目がさめた。時計を見ると五時五分。しまった！　すぐとびおきて身じたくをする。悔いとくやしさが胸をつきあげる。泣きたい思いをこらえて二キロの雪道を走る。学校へつくと、稽古場はがらんとしてだれもいなかった。けさの稽古は終わってしまった！　こんどは学校におくれる。またわたしは家にむかって雪道を走った。とちゅう、だれにも会わないことやまだ東の空が白まないことの不思議さに頭がまわるはずもなかった。

家についたが、まだだれも起きていない。おかしい。時計を見ると、なんと三時を指しているではないか。さっき五時五分と見たのは、じつは一時二十五分であったことをわたしは知ったのだった。

わたしは安心してもう一度寝なおし、そして四時半のベルでとび起きて、また学校へむかったのだった。その朝、温度計は零下三度をさしていたが、わたしはすこしも寒さを感じなかった。

浪（なみ）

人も犬もいなくて浪だけがある
浪は白浪でたえまなくくずれている
浪は走ってきてだまってくずれている
浪は再び走ってきてだまってくずれている
人も犬もいない
浪のくずれるところには不断に風がおこる
風は磯の香をふくんでしぶきに濡（ぬ）れている
浪は朝からくずれている
夕がたになってもまだくずれている
浪はこの磯にくずれている

この磯は向うの磯につづいている
それからずっと北の方につづいている
ずっと南の方にもつづいている
北の方にも国がある
南の方にも国がある
そして海岸がある
浪はそこでもくずれている
ここからつづいていてくずれている
そこでも浪は走ってきてだまってくずれている
浪は朝からくずれている
浪は頭の方からくずれている
夕がたになってもまだくずれている
風が吹いている
人も犬もいない

中野重治（なかの　しげはる）一九〇二～一九七九
「中野重治詩集」より。著書「中野重治全集」他

＊

〔編者の言葉〕　黒海。ボスポラス海峡をつうじてマルマラ海、地中海につながる海。しかし、わたしにはどうしても海という実感がなかった。巨大な湖。ヤルタで暗い夜の底に大きくあれる波を見ながらも、まだそれが海であることを信じきれなかった。

　水をなめてみればいいではないか。ああ、そうだった。わたしはホテルをでて海岸公園にむかった。いくつかの波が岸をうって引いていき、そして大きな波が一つ、があんと防波堤をこえて海岸公園にまで進入した。黒海の夜景をたのしんでいた人たちは「きゃあっ」とひめいをあげた。わたしも上半身ずぶぬれになった。頭からしたたりおちる水が口にはいったとき「あっ、塩からい！」とさけんだ。

　あとで人はなんて子どもじみた、と笑ったけれども、そのあとなんべんも波をあびながら、わたしはあれくるった海面を見つめていたのだった。

山小屋の電話

ぼくの声はいつも帰ってゆく
きみの住む遠い町へ
山はかがやきでいっぱいなのに
ここからの距離は
暗い榾火(ほたび)のようであるらしい
それは　無残に燃えつきた夏だった
そんな愛をいたわりながら
ぼくはひとりコルをつめていた
ザイルを引き　じいっとしていると
岩のかけらがガラガラ落ちていった

ギラギラする岩肌(いわはだ)をかすめ飛ぶ
小鳥のことをぼくは思った
岩から帰ってくるなり
小屋の戸口で電話をかける
もしかするとぼくは
あの飛んでいる一羽の小鳥かも知れない

秋谷　豊（あきや　ゆたか）一九二二〜二〇〇八
「冬の音楽」より。詩集「遍歴の手紙」「ヒマラヤの狐」他

＊

〔編者の言葉〕　悲惨(ひさん)をきわめたビルマ※の戦闘(せんとう)にも、はげしい風土病(ふうどびょう)にも生き残り、げんきに復員しながら、わずか一年後、Tは立山(たてやま)であっけなく死んだ。
　戦争へいくまえ、Tはじつに明朗(めいろう)な青年だった。ピアノをたくみにひき「戦争が終わったら山のなかの学校の音楽教師(きょうし)になるんだ」と口ぐせに言っていたが、復員後、教師になろうとはしなかった。

そして半年ほどたったころ、かれは本やレコードをかたっぱしから売りとばし、だれにもさわらせないほど大事にしていた楽器類までもつぎからつぎへと売りはらい、その金で登山をはじめたのだ。そのしかたは、どんな危険な山に登るにも単独登攀。憑かれたとしか言いようのないかれの行動に、まわりの友人たちは心配のしどおしだった。

「山に登るのもいいが、もう少ししんちょうにしろよ」いくら言っても、かれは錆びたような声で「ああ」と言うだけで、その異常な行動をあらためようとはしなかった。

そして間もなく、かれは立山で、死んだ。日記も何も残さなかったから、かれがなぜそんなにもあわただしく死んでいったのか、死にみちびいた情念の質はいったいどんなものであったのか、だれにもわからなかった。

Tの死後二年して、朝鮮戦争がおこり日本の〈戦後〉は急激に変わっていく。

※ビルマは現在ミャンマー。

夕ぐれの時はよい時

夕ぐれの時はよい時。
かぎりなくやさしいひと時。

それは季節にかかはら(わ)ぬ、
冬なれば煖炉(だんろ)のかたはら、
夏なれば大樹の木かげ、
それはいつも神秘に満ち、
それはいつも人の心を誘ふ(う)、
それは人の心が、
ときに、しばしば、

静寂(せいじゃく)を愛することを、
知ってゐ(い)るものの様に、
小声にささやき、小声にかたる………

夕ぐれの時はよい時。
かぎりなくやさしいひと時。

若さににほ(おう)ふ人々の為(た)めには、
それは愛撫(あいぶ)に満ちたひと時、
それはやさしさに溢(あふ)れたひと時、
それは希望でいっぱいなひと時、
また青春の夢とほ(お)く
失ひはてた人々の為めには、
それはやさしい思ひ出のひと時、

それは過ぎ去った夢の酩酊（めいてい）、
それは今日の心には痛いけれど
しかも全く忘れかねた
その上（かみ）の日のなつかしい移り香（うつりが）。

夕ぐれの時はよい時。
かぎりなくやさしいひと時。

夕ぐれのこの憂鬱（ゆううつ）は何所（どこ）から来るのだらう（ろ）か？
だれもそれを知らぬ！
（おお！　だれが何を知ってゐるものか？）
それは夜とともに密度を増し、
人をより強き夢幻へみちびく………

夕ぐれの時はよい時。
かぎりなくやさしいひと時。

夕ぐれ時、
自然は人に安息をすすめる様だ。
風は落ち、
ものの響は絶え、
人は花の呼吸をきき得るや(よ)うな気がする、
今まで風にゆられてゐ(い)た草の葉も
たちまちに静まりかへ(え)り、
小鳥は翼の間に頭(こうべ)をうづ(ず)める……

夕ぐれの時はよい時。
かぎりなくやさしいひと時。

堀口大学（ほりぐち　だいがく）一八九二〜一九八一
「月光とピエロ」より。詩集「砂の枕」「堀口大学詩集」他

＊

〔編者の言葉〕　たそがれ（黄昏）――辞書によると、「誰そ彼は」からきているという。かれはいったいだれ？と目を凝らす時刻。味のあることばだ。

わたしの小さいころ、夕ぐれになってもまだ遊びほうけている子どもを見ると年よりたちは「もうあたりがすずめ色になったぞ。早く帰れ」と声をかけた。すずめ色。これも味のあることばだと思う。すずめ色の時刻、町にはよくコウモリがとんだ。コウモリめがけてぼうしや手ぬぐいを投げると、コウモリはそれにつられて地上に落ちてくる。奇妙な顔の動物だった。こんな奇妙な顔の動物が空をとぶ時刻だから子どもたちは家に帰らなくてはいけないのかもしれなかった。

いま町は人工光線にいろどられ、たそがれを失った。それが子どもたちにとって幸福なことなのかどうか、わたしは深刻に考えこんでしまう。

木立の奥　こんなちいさな……

木立の奥　こんなちいさなひなたに
ばらよ　おまえはなぜ咲いたのだ……そして
なぜ　そんなふうにたえまなく光をふりこぼすのだ
いま　おまえがどんなに美しく匂(にお)っても
私にはもう　どうしようもないことなのだ

なぜ　おまえは咲いたのだ　ばらよ
そんな　光にふちどられた微笑は　もうこの世にはなく
どこか遠い見知らぬ土地にだけ　咲きつづけているのだ
と

そして　私たちはまぶたをとじて　みえないおまえを
描き　信じるだけでよかったのに……

伊藤　海彦（いとう　うみひこ）一九二五〜一九九五
「黒い微笑」より。詩劇集「夜が生まれるとき」他

＊

〔編者の言葉〕　ブルガリアの首都ソフィアから車で二時間、北のバルカン山脈、南のスレドナ・ゴラ山脈にはさまれた盆地を人は〝ばらの谷〟とよぶ。この名のとおり、ここはばらの名所であり、ばら油の有名な産地である。この油は良質は香水の原料になるのだという。ばらの香水。

社会主義国と高価な香水。その組み合わせに、なんとなくそぐわないものを感じていたわたしだが、ばらが単なる観光資源でなく、切実な生産、労働の場であることを知り、農を愛するこの国の人びとの心のなかで、社会主義と香水がしぜんに結びついていることがわかってきたのだった。

夕暮

洋燈(ランプ)を点(とも)すと
洋燈はすぐに叫んだ
——むかふ(こう)の闇(やみ)が見えない
見えない

むかふの闇に持ってゆくと
なほ(お)も大声で喚(わめ)いた
——いま居たところが暗くなった
暗くなった

蝙蝠(こうもり)が笑った

丸山　薫（まるやま　かおる）一八九九〜一九七四
「鶴の葬式」より。詩集「帆・ランプ・鷗」「北国」他

＊

〔編者の言葉〕　武蔵野(むさしの)市教育委員会は、学校が夏休みにはいると、小学校の子どもたちから希望者をつのって、一泊二日のキャンプ生活を設営する。場所は丹沢(たんざわ)の北東辺の山峡(さんきょう)。

石を集めてかまどをつくり、たき木をわって飯をたく。包丁(ほうちょう)を使ってイモの皮をむき、玉ネギ、ニンジンをきざんでおかずをつくる。まだ明るいうちに作業をはじめるのだが、完全にできあがらないうちに夕暮れがくる。しかし、便利でととのった台所でなくともご飯ができること、その仕事を自分たちでできることを知って子どもたちは驚くのだ。「いただきまァす」夕暮れのおとずれに心細さを感じていた小さな子どもたちも、飯をほおばってげんきをとりもどすのである。

春

てふてふ(ちょうちょう)が一匹韃靼(だったん)海峡を渡って行った。

安西冬衛(あんざい　ふゆえ)一八九八〜一九六五
「韃靼海峡と蝶」より。詩集「安西冬衛全詩集」他

＊

〈編者の言葉〉　二年生のN君が、ある朝教室に大きな青虫を持ってきた。無口でおとなしいN君にしてはめずらしく、むらがる子どもたちの中心にいて、まわりから発せられる問いにてきぱきと答えていた。

「その青虫、どんなチョウになるの？」「アゲハ、だと思うよ」「えさは？」「みかんの木の葉っぱ。」

理科室から借りた飼育箱にいれ、毎朝みかんの葉を持ってきてN君は青虫を育てはじめた。青虫はぐんぐん大きくなり、そしてある日、ぱったりと動きをとめた。「先生、青虫がさなぎになった」N君は興奮した声で青虫の身の上におこった変化をつげた。

子どもたちが、飼育箱のなかに美しいアゲハチョウのすがたを発見したのは、それからしばらくたったある朝のことである。

「N君、アゲハをどうするつもり？」わたしは、みんなといっしょに喜びあっているかれをよんで、そうたずねた。「きょうの午後、空へとばす」と、かれははっきりとした口調で答えた。

午後、アゲハは教室の窓から空へはなたれた。

「さようなら――」子どもたちは手をふってさけんだ。N君は、なにも言わず、ずっとアゲハのあとを目でおっていた。その目には、いまにもこぼれそうな涙がうかんでいた。

雪

太郎を眠らせ、太郎の屋根に雪ふりつむ。
次郎を眠らせ、次郎の屋根に雪ふりつむ。

三好達治（みよし　たつじ）一九〇〇〜一九六四
「測量船」より。著書「三好達治全集」「定本三好達治全詩集」

*

〈編者の言葉〉　わたしの生母は、わたしが九歳(さい)になった年の冬、三十三歳の若さで死んだ。九歳のわたしをかしらに、七歳、四歳、二歳の男の子を残して。

葬式のあとしまつが終わると、町の金融機関に勤めていた父親はすぐ働きにもどり、母親が生きていたとき以上に仕事に精をだした。わたしは、父親が残業で夜遅くなるため、夕飯を作って弟たちに食べさせ、夜がふけると、切りごたつの穴一つにふとん一枚ずつ、ちょうど菜の花の花びらのように放射状にしいて弟を寝かせつけ、父親の帰りを待った。

　小さな寝息が三つ規則正しく聞こえてくるのをたしかめると、ああ、これできょうも無事に終わった、と心がふっとかるくなる。外に足音がする。父親の帰りか、と思って耳をたてる。だが、足音はそのまま家のまえを通りすぎ、とおざかる。ドサ、ドサッと、木々のこずえから雪がおち、瞬間、家をつつんで凍てつく夜が、はげしくゆれる。心ぼそいけれども、長男のわたしはけっして泣いてはいけなかった。もうすこし、もうすこししたら父親が帰ってくる、とみずからに言い聞かせ、みずからをはげましながら、わたしは夜の重さにたえるのだった。

北の海

海にゐるのは、
あれは人魚ではないのです。
海にゐるのは、
あれは、浪ばかり。

曇った北海の空の下、
浪はところどころ歯をむいて、
空を呪ってゐるのです。
いつはてるとも知れない呪。

海にゐるのは、
あれは人魚ではないのです。
海にゐるのは、
あれは、浪ばかり。

中原 中也（なかはら ちゅうや）一九〇七～一九三七
「在りし日の歌」より。著書「中原中也全集」他

＊

〈編者の言葉〉　黒海につきでたクリミア半島の突端の町ヤルタについたのは夜だった。「あの音が、黒海の波の音なんですね」同行の佐原君が言った。一九七六年十二月三十日。東京からおよそ八〇〇〇キロメートル。「黒海か、ぼくたちは、いままちがいなく黒海のほとりにいるんですね」佐原君はあきらかに興奮していた。

つぎの日、楽しみにしていた〝チェホフの家〟の見学は、全館が修理工事をおこなっているため取り

止めになり、そのかわり〝ヤルタ会談〟（第二次世界大戦の終末が近づいた一九四五年二月、スターリン〈ソ連〉、ルーズベルト〈アメリカ〉、チャーチル〈イギリス〉の三巨頭が集まって開いた会談）で有名なリバーディア宮殿や壮大な規模をほこる植物園の見学にたっぷり時間をつかい、その日の日程を終えたのだった。

新年をむかえる大パーティまで、まだ時間があるので、わたしと佐原君は黒海沿岸を散歩した。のどがかわいたのでコーヒーでもと思ったがカフェ（喫茶店）は新年をむかえる準備のため店じまいをはじめていて、はいることができなかった。わたしたちは海辺にもどった。「この先にイスタンブールがあるんですね」佐原君が南をさしていった。「そう、六〇〇キロ先にね」「六〇〇キロか。そこに灯がキラキラ輝いている街があるなんて信じられないな」とかれはつぶやいた。暗い海だった。ゴゴーッとたえず波のうちよせるなぎさに立って、ふたりはいつまでも海を見つめていた。

大阿蘇（あそ）

雨の中に馬がたってゐ（い）る
一頭二頭仔（こ）馬をまじへ（え）た馬の群れが　雨の中にたってゐる
雨は蕭々（しょうしょう）と降ってゐる
馬は草をたべてゐる
尻尾（しっぽ）も背中も鬣（たてがみ）もぐっしょりと濡（ぬ）れそぼって
彼らは草をたべてゐる
草をたべてゐる
あるものはまた草もたべずに　きょとんとしてうなじを
垂（た）れてたってゐる

雨は降ってゐる　蕭々と降ってゐる
山は煙をあげてゐる
中嶽（なかだけ）の頂きから　うすら黄ろい　重っ苦しい噴煙が濛々（もうもう）
　とあがってゐる
空いちめんの雨雲と
やがてそれはけぢめもなしにつづいてゐる
馬は草をたべてゐる
艸（くさ）千里浜のとある丘の
雨に洗は（わ）れた青草を　彼らはいっしんにたべてゐる
たべてゐる
彼らはそこにみんな静かにたってゐる
ぐっしょりと雨に濡れて　いつまでもひとつところに
　彼らは静かに集ってゐる
もしも百年が　この一瞬の間にたったとしても　何の不

思議もないだらう（ろ）
雨が降つてゐる　雨が降つてゐる
雨は蕭々と降つてゐる

三好達治（みよし　たつじ）一九〇〇〜一九六四
「測量船」より。著書「三好達治全集」「定本三好達治全詩集」

＊

〈編者の言葉〉　二十三年前、十九歳で東京を脱出し、信州の入笠山（一九九五メートル）の奥に住みついた男、小間井恭二。彼から、子どもに自然をじかに体験させる〝夏の高原学校〟を開いたからぜひ見にこい、という声がかかった。

中央線富士見駅で下車して、車でおよそ一時間、山小屋のわきに彼みずから作った校舎があり、そこで思うぞんぶん自分たちの生活を展開する子どもたちを見て、わたしは彼がほんものであることを直感した。きびしい風雪にたえた二十三年の結晶。なんのもうけにもならないこの仕事は、自然を破壊していく者たちへの反逆の志であるとわたしには思えた。

春

蟹（かに）が、ぶっつぶっつ泡（あわ）をふいてゐ（い）る、
泡がまるで泡みたいに。
その眼も、
面（つら）も、
鋏（はさみ）まで、
泡だらけぢ（じ）ゃないか。
一体、何が、そんなに気に入らないんだ！
どうしたと云（い）ふ（う）んだ。
一匹かと思ったら、
やあ、

あそこにも、こゝにも、
ひき潮どきの凸凹の泥地一面に、
二銭銅貨大のがゐる、白銅大のがゐる、
見れば見るほど、ゐる！　ゐる！　ゐる！
やあ、やあ。一匹のこらず、
どいつもこいつも、泡をふいてゐる！
どうしたってんだ！
何だ、何だ、何が始まらうてんだ！

北川　冬彦（きたがわ　ふゆひこ）一九〇〇〜一九九〇
「いやらしい神」より。詩集「実験室」「花電車」他

*

〔編者の言葉〕　いま、都会の道はたいていセメントでかためられ、子どもたちはその上をしゃれた飾りのついた靴をはいて歩く。そんな生活になれ、そんな生活をあたりまえだとして自分の体の内側にとり

こんでしまった代償として、子どもたちは足の裏から季節を感じとる力を失ってしまった。

むかし、子どもたちは、春がくると、すぐはだしになりたがった。気温が何度になり、地面の温度が何度になったから、もうはだしになってもいい、と理づめに考えてはだしになったわけではない。みずからそなわった五官で敏感に季節のうつろいを感じとったのだった。

はだしで歩きまわりたくなる季節、子どもたちは自分たちがそうしたくなるとおなじように、地球にすむ小さな動物たちが目をさまし、もぞもぞと地表にでてくることを知った。体全面で感じる空気のかたさ、やわらかさ、足の裏で感じる温度と湿度によって、その季節にさく花々を知った。

そんな生活を「野蛮」という、かんたんなひとことで片づけていいものかどうか、いま、わたしたちは本気になって考えてみなければならない。

冬深む

野川に
かれ草折れ　ながく浸り
そこを渉りくる人かげもなく
杉の梢をみあげれば
ぼろぼろな時間が堕ちてくる
陽ざしは　苔の上に
たちまち消え
たえて私の膝にとどくこともなかった
さくばくたる庭に対い

寒気の空洞（くうどう）を背に
ひとり
けんらんたる論理の書をひらく

ああ　かつて葡萄（ぶどう）のごとく私を搾（しぼ）るもの
また私から滴（した）る血をうけるもの
すべては　すでに遠く
声もなく
山茶花（さざんか）さき　ちり
しばし
冬深む

村野四郎（むらの　しろう）一九〇一～一九七五
「予感」より。詩集「村野四郎全詩集」「亡羊記」他

＊

〔編者の言葉〕　キエフのインツーリスト（公営旅行社）の日本語通訳ミルチンさん。大祖国戦争、対独キエフ防衛戦に参加して生き残った、五十九歳。太い首、がっちりとした胸、いかにも※ソ連邦の穀倉地帯ウクライナの男を思わせる人物だった。日本語がたっしゃであるだけでなく、日本の地理にもくわしく、同行の人たちをうならせた。

　この日はウラジミール丘の見学だった。バスで林の間の道をとおるとき、窓から木々を見あげると、どの木も氷の花がさき、それが朝の日にあたって美しかった。ウラジミール丘からは雄大なドニエプル河がのぞまれたが、それは見わたすかぎり固い氷にとざされていた。零下九度だという。

「あんなに大きな河が凍ってしまうんだから、寒いわけよ」と同行の久野教恵さんが言うと「そう、ひじょうに寒い」とミルチンさんはあいづちをうち、つづけて言った。「こんな寒さのなかで働くから、※ウクライナ共和国の人間は強くなる！」

※ソ連邦は現在ロシア、ウクライナ共和国は独立してウクライナとなっている。

忘れもの

入道雲にのって
夏休みはいってしまった
「サヨナラ」のかわりに
素晴らしい夕立をふりまいて

けさ　空はまっさお
木々の葉の一枚一枚が
あたらしい光とあいさつをかわしている

だがキミ！　夏休みよ

もう一度　もどってこないかな
忘れものをとりにさ

迷い子のセミ
さびしそうな麦わら帽子
それから　ぼくの耳に
くっついて離れない波の音

高田　敏子（たかだ　としこ）一九一六〜一九八九
「月曜日の詩集」より。詩集「バラード」「むらさきの花」他

＊

〔編者の言葉〕　八月も下旬にはいると、日本の南の地域はべつにして、大部分の地方の海辺から客のすがたはきえる。ついこの間まであった燃える太陽の下での喧噪はまるで夢であったかのように失せ、しらじらとした空間だけが残る。夏がいってしまう。

子どもたちは、遊びほうけて、残った課題の多さにぼうぜんと立ちすくむ。去年もおなじだった。親にしかられ、泣き泣きつくえにむかい、なんとか間にあわせた。ことしこそは、と心にちかって夏休みをむかえたが、けっきょくはおなじだった。悔いが残り、その悔いに胸をかまれる。だが、いっぽうでそれでいいんだ、夏の季節をせいいっぱい生きたのだ、その日その日がたのしく、充実していたんだから、という思いも、胸の片がわにはある。

親が子どもの行動を、つねに遊びすぎ、なまけと解釈したがるのは、過去のはるかかなたに青春をすててきてしまったことのさびしさからくるのではないか、などという理屈は、ずっとあとになってくるのだけれども、子どもの胸には子どもなりに、ことばにならないけれども、おとなのがわから一方的にくる要求に無条件に妥協したくない主張がある。

とにかく八月の下旬。白々とした海辺は、その寂寥の度合いを深めていくのである。

解説

遠藤豊吉

〈その海の色は、これまでそこを宣伝するためにつくられたどんなポスターで見たものよりも、その土地について語るどんな人の話から想像したものよりも、はるかに美しかった。色の一つにマリンブルーとよばれるものがあるけれども、その色の名は、この海のを見てつくられたものでなければうそだ、という思いが、さきほどからわたしの胸のなかで激しく揺(ゆ)れていた〉

一九七六年十月下旬、わたしは生まれてはじめて沖縄(おきなわ)の土をふんだ。徐々(じょじょ)に降下(こうか)する飛行機の窓から見た沖縄の海は美しく、そのときの印象を、わたしはある雑誌のなかにこんなふうにつづったのだった。

その旅で、わたしは沖縄に一週間ほど滞在した。空から見た海はたしかに美しかったが、そして滞在中接した人の心も暖かく美しかったが、それだけに外側からおしかけた醜(みにく)い人の心によってこわされ、思うままにつくりかえられた街の部分、自然の傷あとが、かなしく、つらく、わたしの目にうつった。

太平洋戦争の傷あとが、まだいたるところになまなましくうずいていた。アメリカが極東戦略(きょくとうせんりゃく)の軍事基地(ぐんじきち)として占有した広大な土地が、あたかもアメリカの一つの州であるかのような「権威」をふるって、そこここにたくさんあった。そして沖縄の人びとの心や生活を非情にふみにじった海洋博の傷あと。

わたしはある日、北に金武湾、南に中城湾をつくる形で太平洋につきでている勝連半島をおとずれた。かつてこのへん一帯は豊かな漁場で、そこにすむ人びとは天恵の海の幸によって安定した生活を保証されていた。半島の北東部、つまり金武湾の外縁部に点々とおかれた平安座島、宮城島、伊計島に住む人びとも同じだった。ところが、本土の大企業が多くの人びとの反対をおしきって平安座島に巨大な石油基地を建設したときから、自然と人びとの生活は一変した。その企業は石油基地建設の見返りとして、勝連半島、平安座島、宮城島をつなぐ海上道路をつくる、と提案し、半島と島の人びとの生活がより便利に、そして豊かになると宣伝し、この企業のえがいた幻想のまえに反対運動はくずれた。ところが、海上道路一本ができたことにより、潮の流れや海水の質が変化し、かつては豊かにとれた魚類やモズクがほとんどとれなくなってしまったのだ。わたしは、半島と島の交通は便利になったとは聞いたが、暮らしが豊かになってほんとうによかったという明るい声はひとつも聞かなかった。

日本人は、むかしから自然を愛する民族であり、豊かで敏感な季節感をもつ民族である、といわれてきた。だが、それはほんとうだったろうか。わたしは近ごろそんな日本人観に深い疑いをいだくようになっている。自然を、なんのためらいもなく、金銭めあての観光の対象につくりかえ、商品化してしまう日本人は、ひょっとすると自然にたいして非常に鈍感で残忍な感覚、思想の持ち主だったのではないだろうか。海外に旅にでて、自然を自分の生命と同等に大切にしている人びとにであうたびに、そんな思いをつよくするのである。「いや、そんなふうに断定してしまうおまえの考え方はまちがっている。おまえはひとにぎりの人間の行為や現象を見てやけくそになっているんじゃないか」そんな声が、わたしの胸の片すみに聞こえる。わたしもじつはその声におうじて力いっぱいうなずきたいのだ。わたしにそうしてくれるものがほしい。何かにすがりつきたい気持ちが、わたしにこの巻を編ませる動機になった。

十七人の詩人たちは、心をいっぱい開いて日本の自然にむかいあい、目を胸の奥深くにそそいで日本の自然をうたっている。みなさんの心にはどうひびくだろうか。わたしはここにおさめた二十編の詩を、何度も何度も口ずさみながら、詩人たちがそれぞれ、のっぴきならぬ日本のことばでえがいてくれた日本の自然のイメージによって「繁栄」に傷つく自分の心がいやされてくることを感じるのである。

●編著者略歴

遠藤　豊吉

1924年福島県に生まれる。福島師範学校卒業。1944年いわゆる学徒動員により太平洋戦争に従軍，戦争末期特別攻撃隊員としての生活をおくる。敗戦によって復員。以後教師生活をつづける。新日本文学会会員，日本作文の会会員，雑誌『ひと』編集委員。1997年逝去。

新版 日本の詩・7　しぜん　NDC911　63p　20cm

2016年11月7日　新版第1刷発行

編著者　遠藤　豊吉
発行者　小峰　紀雄
発行所　株式会社 小峰書店
〒162-0066 東京都新宿区市谷台町4-15
電話 03-3357-3521(代)
FAX 03-3357-1027
http://www.komineshoten.co.jp/
印　刷　株式会社三　秀　舎
組　版　株式会社タイプアンドたいぽ
製　本　小高製本工業株式会社

ISBN978-4-338-30707-9

本書は、1978年3月25日に発行された『日本の詩・7　しぜん』を増補改訂したものです。